Recinfância

e

Outros poemas

Risomar Fasanaro

Porto de Idéias EDITORA

São Paulo, 2016

Recinfância e outros poemas
Risomar Fasanaro

Editor: Sebastião Haroldo de Freitas Corrêa Porto
Coordenação Editorial: Silvana Pereira de Oliveira
Projeto Gráfico: Otávio de Oliveira da Silva
Capa: Edson Tobinaga. *Paisagem imaginária*, 2015. Óleo sobre tela, 30x40 cm. São Paulo.

Dados Internacionais de Catalogação na Publicação (CIP)
(Câmara Brasileira do Livro, SP, Brasil)

Fasanaro, Risomar
Recinfância e outros poemas / Risomar Fasanaro. --
São Paulo : Porto de Idéias, 2016.

ISBN 978-85-8061-099-4
1. Poesia brasileira I. Título.

16-02426 CDD-869.

Índices para catálogo sistemático:
1. Poesia : Literatura brasileira 869.1

Editora Porto de Idéias | Rua Perdões, 101 | Aclimação | CEP 01529.030
São Paulo/SP – Brasil | Tel. 11 3884-3814 | www.portodeideias.com.br

Para meu filho, meus netos e todos os meus familiares.

Para as amigas Cira Cohenca, Lourdes Atie, Maria Lídia Aguiar e Vera Pontieri.

E especialmente para Alfredina Nery e João dos Reis, que sempre me incentivaram a publicar um livro de poemas.

Prefácio I

Risomar faz poesia para ser! Desde seus tempos em Socorro/Recife, a menina atenta já brincava com as palavras e suas descobertas. Poetava com o cotidiano, seu quintal, o rio das peraltices. Em São Paulo, a saudade de sua terra natal abriu janelas de sua sensibilidade, por meio de uma memória revisitada sempre.

Risomar faz poesia para estar no mundo! Ter pertencido à "geração mimeógrafo", nos tempos da ditadura militar, foi um rasgar das fechadas cortinas, num coletivo que teimava em dizer o que tinha para dizer. Assim, a política frequenta seus poemas e suas preocupações, desde então.

Risomar faz poesia para viver o amor! Todo um lirismo feminino se faz presente, de forma contundente, quando trata do amor, com profunda verdade e dor.

Alfredina Nery

Professora de Língua e Literaturas Brasileira e Portuguesa.

Prefácio II

Um livro de poesia é sempre um novo olhar sobre a nossa existência e os mistérios do universo.

O tão esperado livro de Risomar Fasanaro com 35 poemas foi uma feliz redescoberta da paixão pela palavra – que é sempre um instrumento para revelar os segredos do nosso destino.

Há poemas curtos, mas carregados do sentimento de desolação: "coração despedaçado / cacos numerados / difícil será / juntar os cacos". E a procura inglória de dias menos soturnos: "felicidade: / gaivota de crepom / contra a tempestade".

Estamos condenados à tristeza? Em um dos mais belos, a poetisa escreve: "não queria que viesses / coberto de neblina / logo agora que estou / livre das tempestades / não queria que fosses noite / logo que agora em mim / tantas luzes se refletem / não queria tuas mãos atadas / logo agora que as minhas / livres se estendem pra ti".

A arte de construir palavras e organizá-las em versos é para os que encontram a magia da vida. Desvendar a imaginação exige paciência, rigor – e a sabedoria dos poetas, os magos da linguagem. É com a arma do poema que podemos lutar contra as misérias do cotidiano. Quem de nós conseguirá vencer as batalhas diárias? Somente um anjo será capaz de levar a dor dos desvalidos, a solidão dos desolados, a dor dos desesperados para aonde a dor não existe? (poema "O anjo").

Há uma retomada do engajamento da escritora--poeta em alguns poemas que recordam personagens da história da resistência contra a ditadura militar no Brasil: José Domingues da Silva ("Amigo"), Theodomiro Romeiro dos Santos ("in-dependência"), Helenira Resende de Souza Nazareth ("Ave de arribação"). As recordações da sua infância na sua cidade natal, Recife, e a chegada a Osasco, estão presentes em outros ("Recinfância", "Primeiro Natal em SP", e "Chegada a São Paulo").

Sãos os poetas que nos interrogam: estamos destinados à solidão? A resposta: eles não nos devolvem nossos corações destroçados. Mas dizem, não estamos abandonados: eles nos dão a poesia para construir o futuro com arte e beleza – e a coragem para realizar os sonhos e redescobrir a felicidade perdida.

João dos Reis

Professor de Filosofia da rede oficial de ensino do estado de São Paulo.

Sumário

Recinfância

"café com pão bolacha não...
café com pão, bolacha não...
piuiiiiiii..."
jaboatão
socorro
cavaleiro
coqueiral
tijipió
"vou com pressa...
vou com pressa...
tô com fome...
tô com fome...
tô chegando..."
rio
mocambos
sucupiras em flor
cocada do seu euclides
suspiros de dona dina
casebres de piedade
casa de farinha

pastoril
"tô chegando...
tô chegando...
tô chegando..."
dona maria benzedeira
"com dois te botaram
com três eu te tiro
com a graça do pai, do filho, do espírito
com dois te botaram
com cinco eu te tiro
com as cinco chagas do senhor jesus cristo"
mar, rochedos farol de gaibu
enterros em caixõezinhos
rosa, branco, azuis
mais pareciam pacotes de presente
meu padrinho doente
fui estudar no recife
adeus azeitoneira
adeus carambolas do grupo escolar
adeus meu rio meu pé de ingá
trem de ferro
trem de ferro
trem de ferro

estação central
rua do sol
rua da aurora
rua da união

ponte da boa vista
ponte maurício de nassau

capibaribe e flamboyans
vendedores de tapioca
jambo, cajus e cajás
"rolete de cana
de cana caiana
chora minino pra comprá rolete"
ruas do recife
por onde andam pedintes, prostitutas,
desempregados
na lama dos mangues
caranguejos humanos
e seus desesperos
recife dos sobrados
da emparedada da rua nova

recife de bandeira,
de clarice e joão cabral
vou com pressa...
vou com pressa...
piuiiiiii...
tô chegando, tô chegando...
tô chegando, tô chegando...
tô chegaaaaannnndoooo...

encontro das águas
rio negro
rio solimões
você e eu

ontem te amava no escuro
mas meu amor voou
e rompeu o muro

coração despedaçado
cacos numerados
difícil será
juntar os cacos

felicidade:
gaivota de crepom
contra a tempestade

teu silêncio me diz
sem mim és mais feliz
– sangro –
mas um dia viro cicatriz

duas xícaras de chá sobre a mesa
uma está vazia
saudade

de pássaro
são teus passos
ainda assim eu sigo
teu voo
teus rastros

a vida inteira cavei
o chão em busca de estrelas
sem saber que me bastava
olhar o céu para vê-las

quando amo
sou gueixa
preparo o banho
faço massagens
ouço tuas queixas

o que mais fica na gente
é a sensação das coisas
inacabadas

a vida
flor de papel crepom
vivida
pura ilusão

vi no mercado
um cão sem dono
sedento há horas
pedi água ele bebeu
ele matou a sede
eu não

Argonauta

o leme deste barco
está sem rota
a quilha rebentou
contra tantas tempestades
e eu me esqueci
o barco era de crepom
e chovia naquela noite

Memória

a bicicleta do tempo passou
roçando suas rodas
na grama da memória
tua sombra deslizou
no orvalho das horas
barbas da noite tingiam teus cabelos
pela rua estreita
o santo barroco
colhia araçás no vento
a bicicleta do tempo
não para nunca
os gramados morrem
além dos nossos gestos
além da nossa ausência
além daquele adeus

Primeiro Natal em SP

natal sem presépio,
natal sem árvore,
natal sem surpresas
minha irmã e eu corremos
por toda vizinhança
uma árvore! uma árvore! uma árvore...
encontramos um galho de bambu
bolinhas, mamãe! bolinhas
precisamos pra enfeitar a árvore!...
mamãe comprou bolinhas
pequenininhas de dar dó...
mas eram azuis
algodão, mamãe, algodão...
pra quê?
pra neve, mamãe, pra neve!...
mamãe deu algodão
foi a mais linda árvore de toda minha vida...
nunca mais natal
nunca mais árvore,

nunca mais bolinhas azuis,
nunca mais neve
nunca mais nada...
nunca mais...

Chegada a São Paulo

guardei no bolso do casaco verde
a pressa das pessoas
correndo curvadas
fugindo dos seus silêncios
de suas solidões
procurei o morto do desastre
meu pai me disse:
"aqui as pessoas vivem assim"
"vivem?"
foi a primeira pergunta que guardei
no bolso do casaco verde

a boca da noite mastigou
triturou minha tristeza
sua língua sentiu
o sabor da alegria
lambeu-a
cumulou-a de carinhos
e ela não mais saiu
está aqui
aninhada no meu peito

a poesia nascia
na mesa do café
entre manteiga aviação
fruta pão e cuscuz
voava nos guardanapos
gaivotas
pousavam nos cajueiros
jaqueiras
pitombeiras
caíam no rio
e já eram barcos
um dia um deles me levou
e nunca mais voltou

Amigo

(para José Domingues da Silva)

enquanto o leite esfria na mesa
bebo tua tristeza e te prometo:
amanhã haverá tempo
para rires todos os risos
chorares todos os prantos
amanhã haverá tempo
para tomares teu leite
– quente –
enquanto eu
beberei tua alegria
já que detesto leite

te vi do outro lado da rua
mas o asfalto se fez rio
e eu
não sei nadar

não queria que viesses
coberto de neblina
logo agora que eu estou
livre das tempestades
não queria que fosses noite
logo agora que em mim
tantas luzes se refletem
não queria tuas mãos atadas
logo agora que as minhas
livres se estendem pra ti

a primeira vez que te vi
a lua entrou em eclipse
ondas invadiram as ruas
e eu, nua,
me afoguei em teu olhar

quando te vais
fica em mim
o silêncio
dos haicais

Amigo II

a primavera chegou
uma quimera
cadê o encontro marcado
com cravos e lírios do prado?
a primavera amigo
já era...

O anjo

na penumbra da sala
um anjo triste
sentado no chão
tece uma rede
com teias de aranhas
cada nó é a dor dos desvalidos
a solidão dos desolados
a dor dos desesperados
quando termina
o anjo os recolhe
abriga-os na rede
e leva-os
para onde a dor não existe

7 homens
7 chaves
7 portas
7 canetas

nenhum dos 7 homens
conseguiu
com as 7 chaves
abrir as 7 portas
tomar as 7 canetas
e escrever

PAZ

Sonata para Che

(para Che Guevara)

o outono
tricota a primavera
com fios do tempo
em terras distantes
dragões derrubam muros
gaivotas assinam paz
águias declaram guerras
grilos destroem as matas
mas o sonho está lá
numa terra distante
duro e terno
vivo, eterno

antes
temi a voz do soldado
mais tarde senti medo
do grito do capitão
hoje sinto pavor
do silêncio dos generais

(In) dependência

(para Theodomiro Romeiro dos Santos)

pátria a(r)mada
bom dia!
bom dia a todos os poetas
a todos os bêbados
a todos os mutilados
aos mortos e sepultados
desta (in)dependência sem fim
bom dia a todas as gaivotas
a todos os tiradentes
do meu país
bom dia a theodomiro
do seu pa(r)is distante
bom dia a todos que
fa(r)dados
ou não
escureceram nossos dias

a música da senzala
era a mesma da casa-grande
apenas tocava
mais feridas

o senhor se encantou
com os olhos da mucama
na noite seguinte
sinhá mandou lhe servir
o triste olhar africano
numa salva
– de prata –

não somos donas de casa
somos mulheres de rua
de assembleias, passeatas
somos sem terra, sem teto
pobres mulheres dos mangues

Ditadura

a dor que senti
não coube aqui

Ave de arribação

(para Helenira Resende Nazareth,
assassinada na guerrilha do Araguaia)

tuas asas pousam em minha memória
ave de arribação
roçam minha garganta
ferem meu poema
engulo em seco
e me pergunto:
em que veio de folha
se verteu teu sangue?
em que trecho do araguaia
ele tingiu o pôr do sol?
em qual curva do rio adormeceu
teu talhe de palmeira?

ave de arribação
quem roubou teu sonho de liberdade?
quem calou teu grito?

nada restou

apenas o silêncio
e perguntas...
perguntas...
perguntas...

Risomar Fasanaro

Nasceu entre dois rios: Beberibe e Capibaribe, na cidade do Recife (PE), no dia 1º de março, sob o signo de Peixes, com ascendente em Leão.

É filha de João Fasanaro e de Alípia de Souza Fasanaro. Tem um filho, Eduardo Luiz, e três netos, Gabriel , Otávio e Eduardo Luiz Filho.

Saiu de Pernambuco com onze anos para Osasco (SP), acompanhando a família.

É formada em Letras pela USP. Lecionou Língua e Literaturas brasileira e portuguesa no Ceneart, no Colégio Estadual de Quitaúna e na Fundação e Instituto Tecnológico de Osasco (Fito).

É uma das fundadoras do Grupo Cultural Veredas e editora da revista com o mesmo nome que o grupo publicava.

Participou de vários festivais de poesia e de música em Osasco e outras cidades do país como letrista. Recebeu vários prêmios em concursos de contos e poesia.

É autora do livrete de poesia "*Casa grande e sem sala*" e tem alguns de seus contos e poesias nas antologias "*O buquê e o sonho*", "*Contos de desencontro*", pela Editora Lume, e em antologias escolares e apostilas de cursinhos pré-vestibulares.

Trabalhou como redatora e colaboradora em alguns jornais de Osasco, como o *Diário de Osasco*, *Jornal de Osasco*, *O Grande Osasco* e *Primeira Hora*.

Recebeu o prêmio "Teresa Martin" com o romance ficcional "*Eu: primeira pessoa, singular*" que lhe valeu uma viagem à Europa e a publicação do livro.

Publicou, em 2014, o livro de contos "*O reencontro*", pela Editora de Cultura. Recentemente terminou o romance "*Polenta com a mão no bolso*", ainda não publicado.